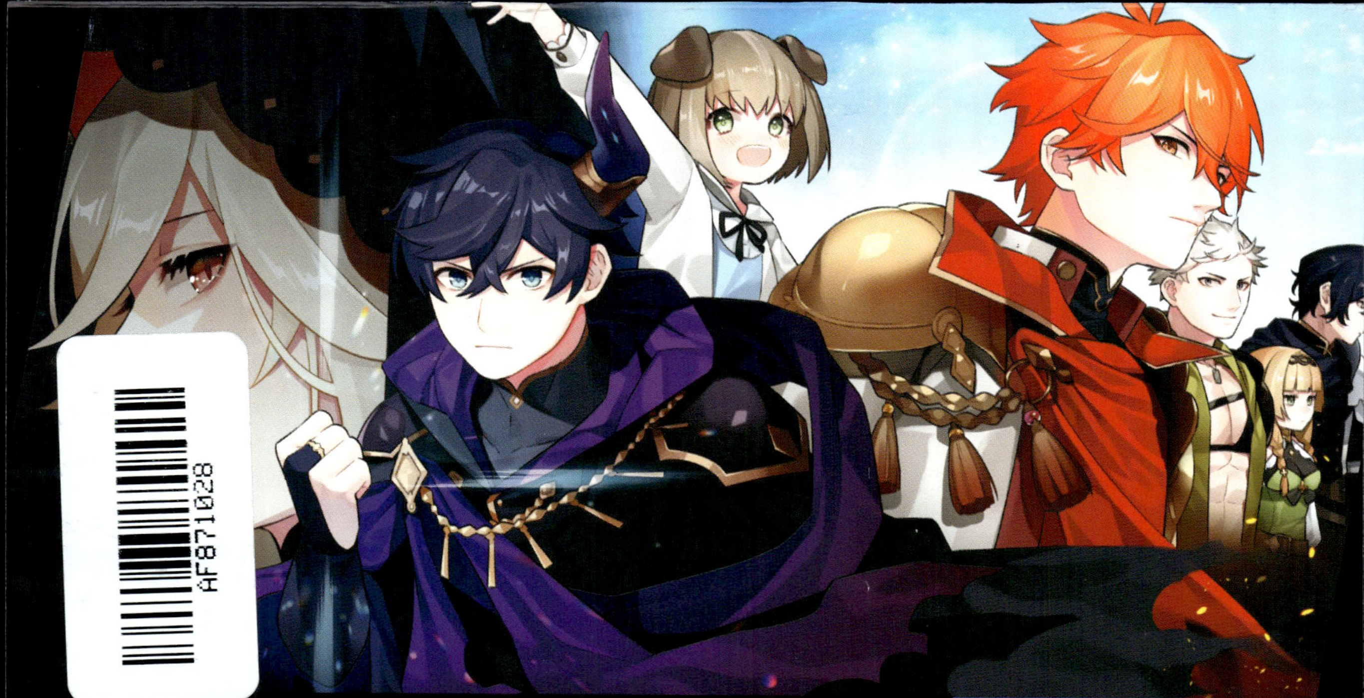

Willkommen in der Dämonenfestung,

du kämpfst jetzt auf der dunklen Seite

Original | Hozumi Mitaka (GA Novel/SB Creative) |
Zeichnungen | j1 Kaido | Panelentwürfe | Aoi Yumitori |
Character Design | Yuuhi

1

Willkommen in der Dämonenfestung,
du kämpfst jetzt auf der dunklen Seite

Inhalt

Im ewigen Kampf zwischen Menschen und Monstern ...
... bezwang einst ein mutiger Held den Dämonenkönig ...
Doch diese Zeiten gehören längst der Vergangenheit an.
Inzwischen herrscht Frieden auf der Welt ...
... und Dungeonraids sind nichts weiter als Entertainment.
WHOAAA
Dies ist der Tag ...

Kapitel 1: Bis zu diesem Tag ein Teil der Heldentruppe

Wenn Menschen und Monster heute in den Kampf ziehen ...
... verwenden sie nur noch durch Magie erschaffene Doppelgänger von sich selbst.
Solche Dungeonraids, bei denen niemand tatsächlich sterben kann, erfreuen sich großer Beliebtheit.

Sie werden auf riesigen Bild-schirmen im ganzen Land ausgestrahlt.
Sowohl Abenteurer ...
... als auch Monster ...
... sogar Helden und Dämonenkönige sind nichts weiter als Jobs.

WHOOOM
Dämonenfestung, 4. Ebene
WUUUSCH
Kommt ruhig her!

SLIT
Wooow!
Alvers ausgefahrene Magieklinge ist der Hammer!
KRRRH
KRRRH
KRRRH

PFFF
Damit gehen gleich eins, zwei, drei ...
... nein, sogar mehr als zehn Werwölfe auf einmal zu Boden!
Immer wieder beeindruckend, diese Durchschlagskraft!
KRRRH
Ja, aber während des Cooldowns ist er jetzt ein leichtes Ziel für Angriffe.
Das macht diese Technik nicht ganz ungefährlich.
WHOOSH
Aber hier kommt der Paladin Lark ins Spiel!
Er leistet überragenden Support!

Beim Dungeonraid zählt nicht nur Stärke alleine ...
... sondern es kommt auch aufs Zusammen-spiel der ganzen Gruppe an!
Larks Angriffskraft entspricht min-destens der eines Kriegers ...
... und gleich-zeitig bewahrt er immer einen kühlen Kopf, um seinen Gefährten im Ernstfall zur Seite zu stehen. Wahnsinn!
Zwar kann man hier im Dungeon keine der Ansagen hören ...
... aber so ungefähr dürften wohl die Kommentare ausfallen.

Der Grund, warum Lark sich ganz auf die Defensive konzentrieren kann, liegt auf der Hand ...
Den erledige ich.
Übernehmt ihr die Vorhut?

Wenn's denn sein muss!
Nick
Der Weg ist schon ...

… so gut wie freigeräumt.
カッ
FLASH
ド
POM
ド
POM
ド
POM
ド
POM

Da...
Das hat gesessen!
WOOOOW
ワァァァァ
Lilys Supertempo!
Es gibt momentan auf der Welt nur drei Leute, die diese Technik einsetzen können.

Und wir dürfen auch heute ihren Blitzschnellen Bogen in vollem Einsatz sehen!
Bei dieser Geschwindigkeit ist mit bloßem Auge zwar nichts zu erkennen ...
PFUIT

WHUUSH
... aber überall, wo ein Gegner zu Boden geht, kann man sicher sein, dass sie getroffen hat!
Gleich acht Werwölfe machen den Abgang!
PFFF
In der Zwischenzeit hat sich Phoenix auf den Weg in Richtung Bossgegner gemacht. Dieser beschützt das Tor zur nächsten Ebene.
Kaum zu glauben, wie schnell dieser Kampf voranschreitet.

Es verbleiben zwar noch Dutzende von Werwölfen ...
... doch seine Gefähr-ten verhindern, dass auch nur einer von ihnen in die Nähe von Phoenix kommt.
Wir haben schon eine Menge besiegt.
Phoenix sollte das mit dem Boss hin-kriegen...
Bleibt nur noch ...

RAZZ
Alver...
Tz!
Steh da nicht bloß rum und glotz blöd! Du bist im Weg!
TSCHAK
Hah!
Oder ist das auch Teil deiner großartigen Schwarz-magie?

WHUUSH
PFFF
Der Kampf ist noch nicht vorbei.
Konzentriert euch gefälligst!

...
Ja, ja. Schon klar.
Ts!
...
Ohooo!
Der Augenblick ist gekommen!
Tap

Phoenix steht ...
... nun direkt vor ...
... dem Boss!
Der enorme Größenunterschied zwischen den beiden ist nicht zu übersehen!
Ich vermute, dieses Exemplar ist dreimal so groß wie ein durchschnittlicher Werwolf!
Sehr beeindruckend!

Aber schauen Sie sich Phoenix an.
Er sieht nicht aus, als würde ihn dieser gigantische Werwolf-Boss auch nur im Geringsten einschüchtern!
Sorry, Anführer der Werwölfe.
Aber ich muss da durch!!

Rooaaarrr!

WHOM
KRRRT
KLING
Phoenix hat den Angriff des Bosses mit dem Schwert abgewehrt!
Das hat ge-kracht!!
KRRRT

FLASH
?!
WUUUSCH

Oh, wow!
Der ganze Körper des Gegners ist in Flammen gehüllt!
Man sieht, wie er leidet! Er wehrt sich nach Leibeskräften, doch es gibt kein Entkommen!

DOSCH

Bei unseren Kämpfen …

… gibt es keine Nie-derlagen.
Siiieeeg!
Der Boss geht zu Boden!!!

Phoenix,
der Flam-
menheld ...
WOOOOOOW
... hat auch
diesen extrem
starken Gegner
mit einem Hieb
geschlagen!

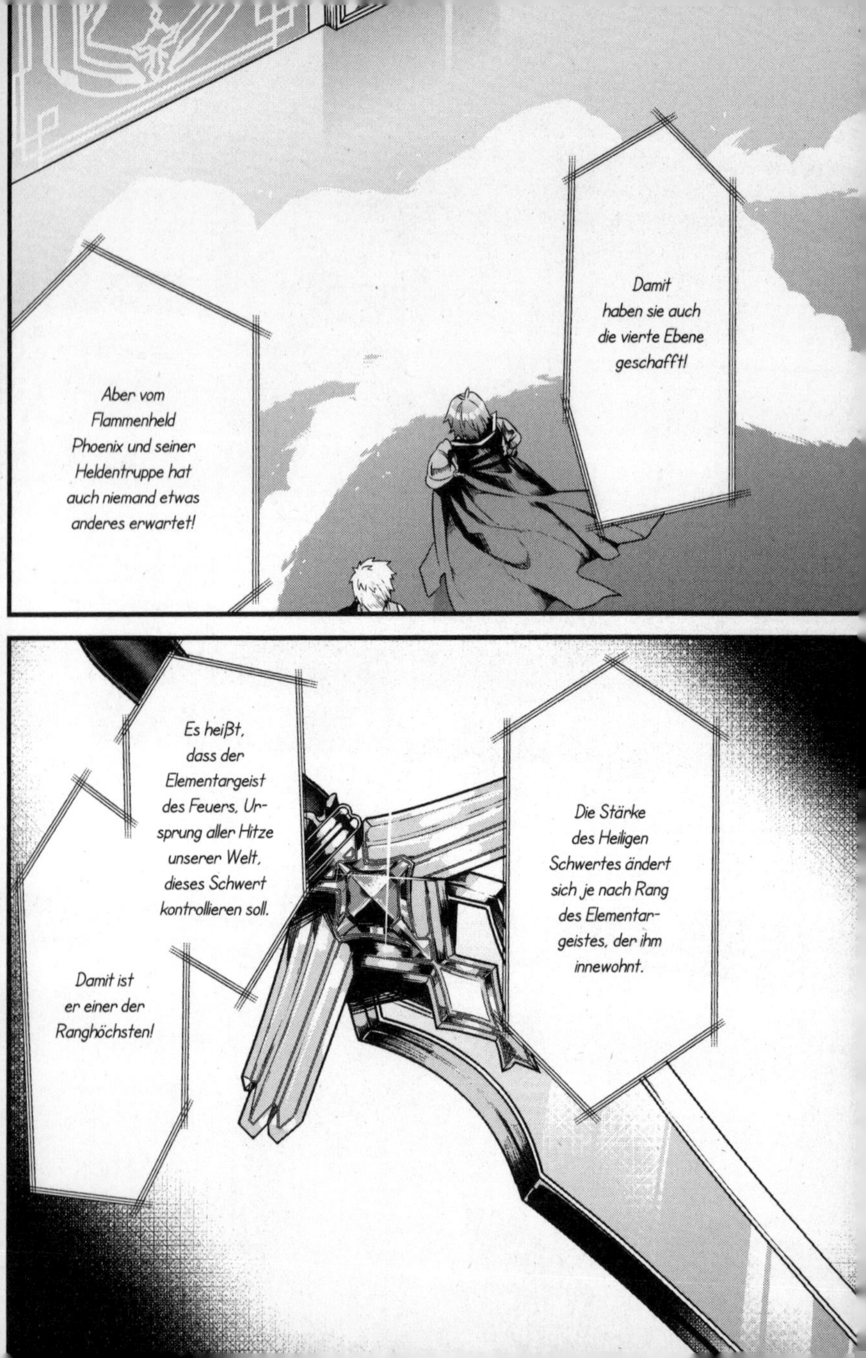
Damit haben sie auch die vierte Ebene geschafft!
Aber vom Flammenheld Phoenix und seiner Heldentruppe hat auch niemand etwas anderes erwartet!
Die Stärke des Heiligen Schwertes ändert sich je nach Rang des Elementargeistes, der ihm innewohnt.
Es heißt, dass der Elementargeist des Feuers, Ursprung aller Hitze unserer Welt, dieses Schwert kontrollieren soll.
Damit ist er einer der Ranghöchsten!

Entsprechend hohe Ansprüche stellt er natürlich an seine Verbündeten ...
Phoenix ist der erste seit 130 Jahren!
So, jetzt sind sie im Safe Room angelangt.
Piep
Damit ist der heutige Raid beendet!
O Mann!
Ich bin schon dermaßen gespannt auf den Kampf der fünften Ebene!

Hmm ...
Und wieder muss ich mich fragen ...
... was mit dem Schwarzmagier Remme ist.
WOOOOOOW
Eigentlich sollte er ja für Support sorgen ...
... aber in unserer aktuellen Liga gibt's kaum je-manden, der einen Schwarzmagier für seine Truppe braucht.

Es würde wohl kein großer Verlust sein, wenn er die Gruppe ver-lassen würde.
Ich vermute, ein Weißmagier würde sich hier viel besser machen, da er die Angriffskraft der anderen stärken und damit deutlich mehr Unterstützung leisten könnte.
Aber so was von!
Ich mein, der hat sich doch nicht einen Schritt von der Stelle bewegt!

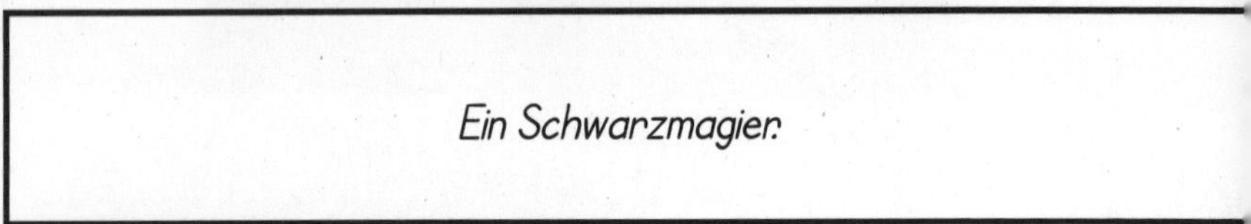

* Als Buff bezeichnet man die Verstärkung und als Debuff die Schwächung eines bestimmten Spielinhalts.

Beispiele für Schwarzmagie wären ...
... verringerte Geschwindigkeit ...
... Schwächung der Angriffskraft und der Verteidigung....
... Verwirrungszustände, die das Urteilsvermögen beeinflussen ...
... Vergiftungen, die kontinuierlich Schaden verursachen ...
... oder das Einschränken der Sehkraft durch Verdunkelung.

Sowohl mit Schwarz- als auch Weißmagie werden keine Offensiv- oder Defensivzauber gewirkt ...
... sodass oft nicht zu erkennen ist, was eigentlich genau passiert.
Der Grund, warum Schwarzmagie so stiefmütterlich behandelt wird, liegt daher auf der Hand.
Sie ist einfach total unscheinbar.

Weißmagie wird direkt auf die Gefährten gewirkt, sodass der Effekt der Heilungs- oder Stärkungszauber erkennbar ist.
Aber Schwarzmagie richtet sich gegen Gegner, was es selbst für Mitglieder der eigenen Gruppe schwierig macht, zu merken, dass sich tatsächlich etwas verändert.
Besonders in unserer heutigen Zeit, in der Dungeonraids nur noch der Unterhaltung dienen und Magie an Bedeutung verliert, weil man sie nicht sieht ...

Ich habe keine sichtbaren Fähigkeiten.
BÄM
WHOOSH
KNACKS
Alles, was ich während des Kampfes mache ...
... also die Schwächung der physischen und magischen Attacken von Gegnern ...
... ihrer Geschwindigkeit ...
... ihres Urteilsvermögens ...
... und ihrer Sehkraft ...
??

… ist einfach nicht direkt erkennbar.
Im Gegensatz zu meinen Kameraden, die sich auf die Gegner stürzen …
… sehe ich aus, als würde ich nur unbeteiligt herumstehen …
… und irgendwas vor mich hin murmeln.
Brabbel Brabbel
Was brabbelt der denn da?
Voll creepy!
Vermutlich sagen sie so was in der Art …
Seufz

Als Nächstes kommt also die fünfte Ebene ...
Von allen Dungeons dieser Welt ...
... hält dieser hier den Rekord, dass noch niemand bis zur letzten Ebene vorgedrungen ist.
Die legendäre Dämonen-festung.

Mithilfe des Chronisten-steins ...
... kann man jederzeit dort weitermachen, wo man vorher aufgehört hat.
Und trotzdem ...
... hat es noch keine Gruppe geschafft, sich dem Dämonenkönig zu stellen, der auf der letzten Ebene wartet.

Der Krieger Alver
Der Paladin Lark
Die Waldläuferin Lily
Ich, der Schwarzmagier Remme
Zusammen sind wir von den zehntausenden von offiziellen Gruppen …
Nr. 4
… auf Platz 4.

Dieses Ranking wird von der Abenteurergilde, basierend auf der Beliebtheit und den Kampfergebnissen ...
... einmal im Jahr veröffentlicht.
Es muss schräg wirken ...
... dass gerade ich dieser Gruppe angehöre ...
Also auf die Zuschauer.
Lasst uns was trinken gehen!
Habt ihr gehört? Alver gibt einen aus!
Was?!
Jede Gruppe kann, den Helden eingeschlossen, aus bis zu fünf Kämpfern bestehen.
Und ...
Auf geht's!

... der Flammenheld Phoenix ...

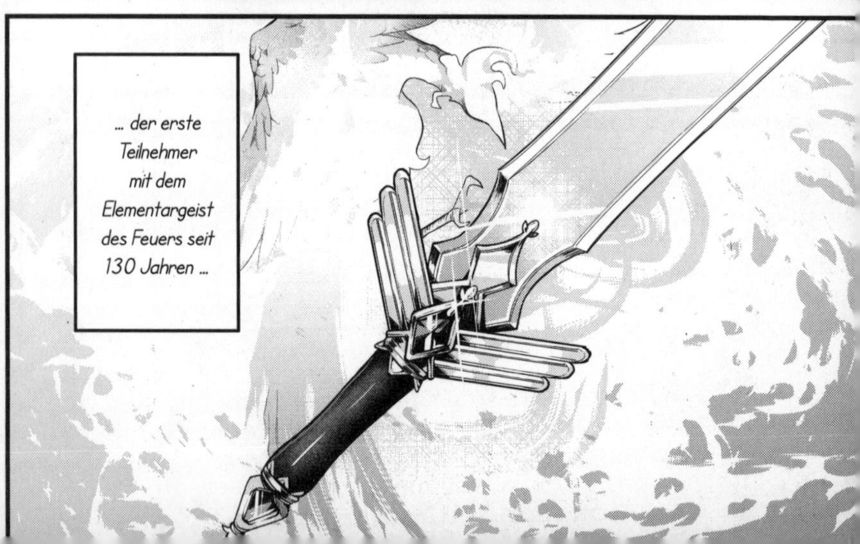
... der erste Teilnehmer mit dem Elementargeist des Feuers seit 130 Jahren ...

... von dem alle erwarten ...
... dass er es endlich schafft, der Legende der uneinnehmbaren Dämonenfestung ein Ende zu bereiten ...
... ist mein ...

Ab nach Hause!
... Kindheits-freund.
パァァァァ
TSCHUMM

Phoenix ...
Im Vergleich zu ihm ...

... wirke ich wie überflüssiger Ballast.
Ich, der unbeliebte, unscheinbare Schwarzmagier ...

... der an diesem Tag ...
PFFF ユ

... arbeitslos wurde.

Kurz vor meinem Aus-scheiden aus der Gruppe.
Kapitel 2: Der arbeitslose Schwarzmagier
Raun
Raun
Du bist echt dermaßen überflüssig.

Lark,
Paladin
Lily,
Waldläuferin
BUM

Alver, Krieger
Oder?

Alver …!
SRRRT
カタッ
Phoenix,
Held
Verteidige ihn nicht auch noch, Phoenix!
Wie oft soll ich es denn noch sagen …?
Lark, Lily und ich verdanken es einzig und allein unseren Fähigkeiten, dass wir Teil dieser Gruppe sind.

Aber du?
Du darfst bloß den letzten freien Platz besetzen, weil Phoenix und du euch noch aus'm Sandkasten kennt!
Sonst würde sich doch keiner mit 'nem unnützen Schwarzmagier wie dir abgeben!
Tja ...
Ha ha ha
Da gibt's nichts zu lachen!
WHUM

Hör endlich auf, dich wie ein Parasit an Phoenix zu klammern!
Alver!
Entschuldige dich bei Remme!
Das war echt respektlos von dir!
Remme ist nicht so unfähig wie ...
SRRRT
Da bin ich anderer Meinung.

Was meint ihr denn dazu?
Ich finde nicht, dass wir den hier mit durchschleifen müssen. Oder?

...
Also ...
... mir ist es egal, ob er dabei ist ...
... oder nicht.

Von daher wäre als Unterstützer ...
... wohl eher jemand geeignet, der direkte Treffer erzielen kann.
Ihr alle ...
Hah!
Da hast du's!

Ist nicht so, als hätte ich 'nen persönlichen Groll gegen dich, Remme.
Oh, oder willst du ...
... sie nicht mal auf mich anwenden?

Deine Schwarzmagie ...?
Dann hätten wir endlich Gewissheit.
Falls die wirklich was kann, entschuldige ich mich natürlich.
...

Also schön, ich mache dich zu meinem Schüler.
Aber nur unter einer Bedingung: Ich will nicht ein Wort des Jammerns hören.
Das mit meinem Meister ist ein Geheimnis, Phoenix.
Du darfst niemandem davon erzählen.
Willst du denn nicht stärker werden?

Remme.
Jetzt ist Schluss damit, Alver!
SRRRT
Ich erlaube nicht, dass du weiter …
Okay.

Ich bin raus.
Gute Entscheidung, Remme.
Grien
Remme?!

Damit hätten wir den Beweis.
Unser kleiner Emo hier hat nix drauf!
Ist doch lächerlich, dass er bisher Teil der viertstärksten Heldentruppe war!
So, dann lasst mal überlegen, wen wir statt dem nutzlosen Schwarzmagier in die Gruppe holen!
Habt ihr alle gehört? Der Kerl ist raus!
ははは
HA HA HA

Es war nicht das erste Mal.
Alver hatte mich auch früher schon oft gemobbt.
Nur weil ich ein Schwarzmagier bin.
Abenteurer müssen zum einen mächtig sein, aber sich eben auch gut verkaufen können.
Mit Stärke allein kann man zwar einen Dungeonraid meistern ...
... aber ohne die richtige Aus-strahlung läuft gar nichts.

Verachtet von den Zu-schauern ...
Den könnte man doch echt rausschmei-ßen.
... von anderen Abenteu-rern ...
... und sogar den eigenen Gefährten.

Das, was ich mir damals erträumt hatte ...

... war bestimmt kein Leben voller Demütigungen.

SRRRT
Wenn ich weder die anderen Menschen, noch meine Rolle ...
Remme!
... oder irgendetwas anderes ändern kann.
Warte doch!

Ist schon gut, Phoenix.
Ist schon gut.
Dann bleibt mir wohl nur, mich selbst zu ändern.
Ich ...

... werde euch übertreffen.
Mit einer andere Gruppe.

Als würde irgendeine Gruppe dich aufnehmen wollen!
Phoenix …
Wir sind zwar Freunde …
… aber von nun an …

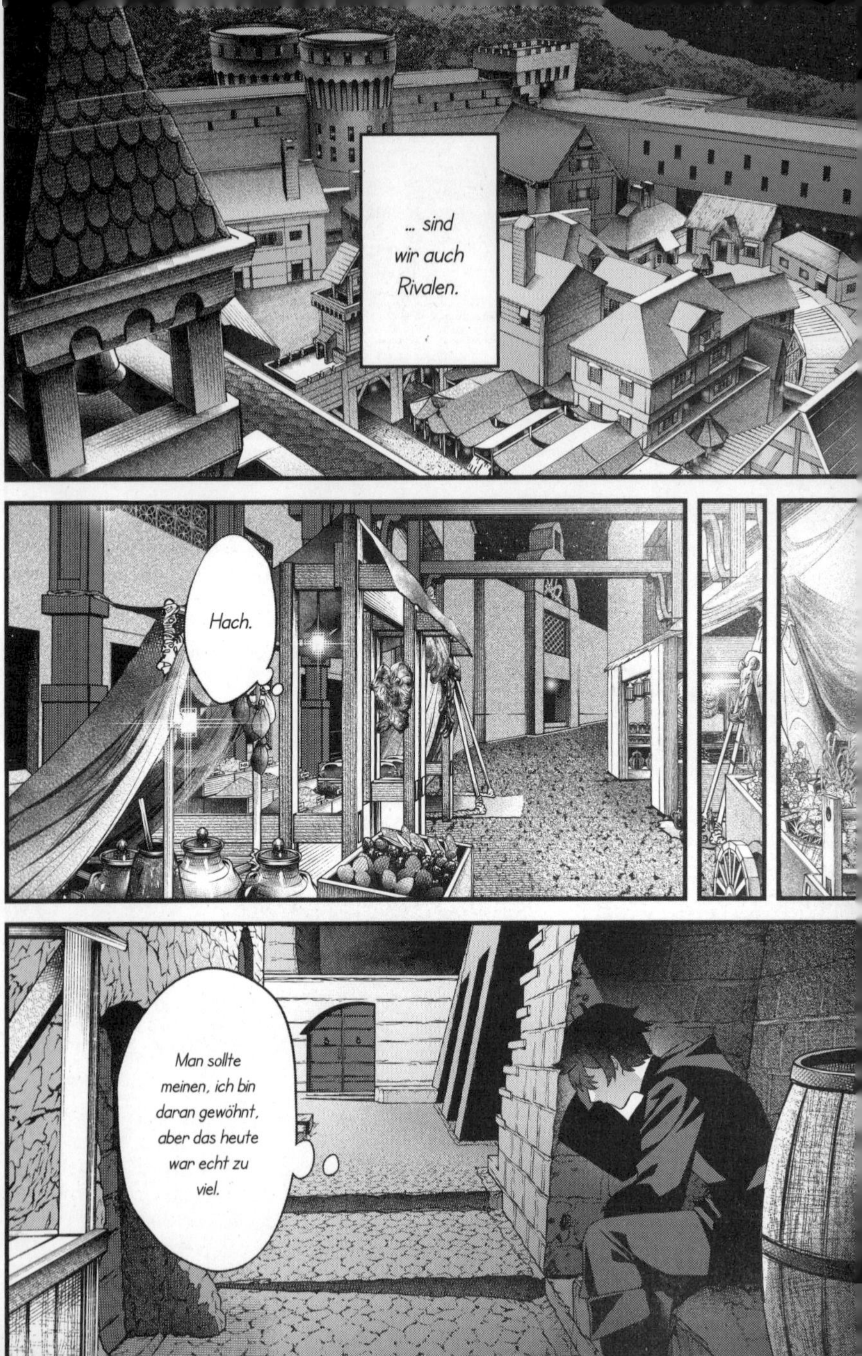
... sind wir auch Rivalen.
Hach.
Man sollte meinen, ich bin daran gewöhnt, aber das heute war echt zu viel.

Wenn sie von meinen wahren Kräften wüssten ...
... hätte ich vielleicht bleiben können.
Aber dann würde die Sache mit meinem Meister auffliegen.
Und das wäre weder in seinem noch in meinem Sinne.
Phoenix hält das Versprechen, das er mir als Kind gegeben hat, auch jetzt noch.
Aber jedes Mal, wenn er mich verteidigt hat, zweifelten die anderen mehr an ihm. Das war schmerzhaft zu sehen.

Hab vorhin zwar gesagt, dass ich mir 'ne andere Gruppe suche …
… aber nur einem Helden ist es erlaubt, eine Gruppe zu gründen.
Wer würde wohl einen Schwarzmagier aufnehmen …
… der aus der erfolgreichen Gruppe um Phoenix …
… rausgeekelt wurde …
Mann, ich hab doch gesagt, ich brauch das Zeug nicht!

Du nerviges Gör!
B-bitte verzeihen Sie ...
Ent-schuldi-gung ...
Als würde das irgend-wer kaufen wollen!
Ein Kind?

* Wesen, die sowohl menschliche als auch tierische Merkmale haben

Haben Sie noch geöffnet?
Ich hab plötzlich Hunger bekommen.
Äh, ja, willkommen.
W-willkommen ...
Hilfst du beim Verkauf? Beeindruckend für so eine junge Dame!
Was würdest du mir denn empfehlen?

...
Diese Äpfel hier?
Dann nehm ich einen davon.
Danke!
Äh ... also ...
Der ...
... sieht vielleicht etwas komisch aus ...
... aber seine Farbe verrät, dass er sehr lecker ist.

Ich finde es schade, dass keiner diese Äpfel kaufen will.
Ich versuche den Leuten zu erklären, dass sie gut schmecken, aber niemand will sie haben.
Also falls du ...
... ihn auch nicht willst, dann ...
HAPS

Der ist wirklich lecker!
!
Genau, wie du gesagt hast!
W-wirklich?
Ja, klar!
Man sollte nicht nur auf das Äußere achten, sondern darauf, was drinsteckt.
Das hast du sehr gut erkannt, kleine Verkäuferin ...

Darf ich vielleicht mal wieder zum Einkaufen vorbeikommen?
Ich würde gern wissen, was du noch so empfehlen kannst.
Ja ...

Ja, gerne! Vielen Dank!!
Puh
Wie schön, du hast einen Kunden!
Vielen Dank!
Ach was, ich habe zu danken ...
Schön, dass Sie so spät noch auf-hatten.

Vielen Dank, kleine ...
Nanu ...?
Ssssst
Ha ha ha
Sie ist etwas schüchtern.
Also dann, wiedersehen!
Ähm ...
Also ...!!

Ich ...
... heiße Cashew!
Cashew, ja? Ich heiße Remme.
Remme ...
Vielen Dank für heute!
Und ich ...
?

… würde mich freuen, wenn du wie-derkommst!
Morgen! Und über-morgen!
Und überhaupt immer!
Ich warte hier auf dich!

Selbst so jemand wie ich wird also gebraucht ...
War eine ganz spontane Entscheidung. Ich hoffe, das kam nicht komisch rüber ...
Auch wenn ich als Schwarzmagier vielleicht unnütz bin ...
Aber wenn selbst ein kleines Kind sich so reinhängen kann ...
... dann sollte ich mich auch ordentlich anstrengen!

...
Es wird ein langer und harter Kampf.
Und bevor du nicht ganz oben bist ...
... wird dir keine Wertschätzung zuteilwerden.

Jemand, der mich braucht ...
Dieser Jemand ist sicher irgendwo da draußen.

Der Schwarz-magier ...
... Remme.

Kapitel 3
…
Wie viele Wochen sind seitdem schon vergangen?
Ein Schwarz-magier?
Nein, danke.
Hm …
Wir hätten eigentlich nur für einen Krieger Ver-wendung …
Irgend-wo hab ich den doch schon mal gesehen …?
Ist das nicht der Kerl, der gefeuert wurde?
Was für ein Zufall!
Wir suchen gerade neue Leute!
Wie bitte? Ein Schwarz-magier …?
Oh, ähm …

Die Schöne und der Arbeitssuchende

Meine Eltern hatten damals extra eine Stelle für mich gefun-den, aber die hab ich abgelehnt, um Abenteurer zu werden.
Daher kann ich wohl kaum nach Hause zurück ...
So weit ist es also ge-kommen ...
は!
URGH
Ich muss die Matching App der Abenteurer-gilde nutzen!

Pipe
Gattung: Mensch
Berufung: Schwarzmagier
Die Nutzungsgebühren sind echt Wucher ...!
Aber wofür bin ich sonst hergekommen?
Badum
Badum
Suche läuft ...
Badum
PLOPP !!
Übereinstimmungen: 0

Ähm ...
Vielleicht ...
... sollte ich
erst mal was
essen ...

Als Schwarzmagier hat man es nicht leicht, was?
Ich hab noch nie einen Aushang gesehen, dass irgendwo dringend ein Schwarzmagier gesucht wird ...
Und etwas anderes außer Schwarzmagie kannst du nicht?
Ganz so ist es auch nicht ...
Aber dafür bin ich nicht qualifiziert genug ...
Und bei der Abenteuerregistrierung muss man eigentlich immer die eigene Berufung angeben.
Verstehe ...

Also, ich finde Schwarzmagier total toll!
Schnüff
Danke, Cashew ...
Wedel
Wedel
Hach, dass wir so einen netten und großzügigen Kunden gewonnen haben ...
... verdanken wir unserer niedlichen Cashew hier. Zu einem alten Knacker wie mir will ja keiner kommen.
Das freut mich wirklich.
Aber nicht doch!
Wedel
Wedel
Ich bin inzwischen echt oft hier ...

Cashew ist erst acht Jahre alt ...
Sie hilft nicht einfach im Laden aus, sondern ist hier tatsächlich angestellt ...
... weil sie ihre Familie finanziell unterstützen will.
Wie es aussieht, war ich wohl ihr erster Kunde.
Mit ihr zu reden, baut mich jedes Mal wieder auf.
Deshalb bin ich oft hier.
Auch der Ladenbesitzer hat immer ein offenes Ohr für mich, obwohl wenn wir uns erst so kurz kennen.
Aber ich verstehe, was du meinst.
Eigentlich wäre ich gern Schneider geworden ...

Aber ich hätte es auch mit noch so viel Übung nie mit einem aufnehmen können, der die entsprechende Berufung hat ...
Die Berufung ...
In unserem Reich wird jedem seine Berufung im Alter von zehn Jahren im Tempel offenbart.
Wenn das Orakel gesprochen hat, kennt jeder seine Bestimmung.

Nicht nur die Berufungen der Abenteurer ...
... sondern auch Berufe des Alltags wie ...
... Koch, Händler oder Schmied werden so festgelegt.
Man kann sich noch so sehr bemühen oder darum bitten, doch nichts ...
... ändert dieses Geschenk der Götter.
Wer die Berufung erhält, die er sich gewünscht hat, für den mag es ein Segen sein ...

... doch für alle, deren Wunsch sich nicht erfüllt hat, ist es eine Prüfung ...
Nein.
Für mich, der immer ein Held werden wollte, bedeutete es pure Verzweiflung.
Würde man die Berufung abhängig von seinen Bemühungen bekommen, wäre ich Held geworden ...
Treten Sie näher!

Aber man muss sich eben mit dem abfinden, was man tun kann.
Richtig.

Aber …
… falls alle Stricke reißen, kannst du jederzeit hier mit Cashew zusammen arbeiten.
Ha, ha, ha …
Vielen Dank …
Aaah!

...!
Ein Dieb ...?
!!
Wah!
SWUSCH
SWUSCH
SSSST

Er kommt hierher ...!
Entschuldigung!
Aber könntest du ihm den Weg versperren?
Wie meinst du das? Hast du einen Plan?
Ja, aber ich kann dich nur aus dem Hintergrund unterstützen.
Keine Sorge.
Du wirst auf keinen Fall verletzt!

Er kommt!!
Remme! Pass auf Cashew auf!
Ja!
GRABB

Cashew! Versteck dich!
Ah ... okay!
Zwar ist Magienutzung im Alltag gestattet, doch wer es übertreibt ...
... riskiert eine Untersuchung.
Deswegen muss ich ...

Willst du sterben, oder was?!
...
Zielerfassung ...

Ng ...
... abgeschlossen.
Jetzt!

ARGH!
... ?!
Was ...?

Mein Körper fühlt sich plötzlich so schwer an ...
Und warum kann ich ...
... nichts sehen?
Ich ... krieg keine Luft ...
FWISH

PAAAM
GRABB

POM
Plunk
DOSCH

Das war deine gerechte Strafe!
WOOOOW
Geschafft!
Wahn-sinn!
Er hat den Kerl einfach um-gehauen, obwohl er ein Messer hatte!

Lins
...
Cashew.
J-ja!!
ZUCK
ヒクゥ
Ent-schuldige.
Tuschel
Tuschel
Oh, äh ...
Vielen Dank!
Nicht doch! Das war doch selbstverständlich.

D-das war total cool, Chef!!
Oh!
Sie verkaufen hier etwas?
Dann kaufe ich Ihnen als Dankeschön etwas ab.
Vielen Dank!

Und ich auch!
WOW!
Das war spitze!
Wie schön ...
Wenn jemand etwas Gutes tut, hat man gleich das Bedürfnis, demjenigen etwas zurückzugeben.
Besonders, wenn es sich um einen Helden handelt, der einen Dieb zur Strecke gebracht hat ...

Yeah!!
Super!
Los, hoch mit dir!!
GRABB
Argh ...
Kann mich ... nicht be-wegen ...
Dann eben so ...
Wank
Wank
Mist ...

Zwar habe ich die Schwarzmagie gewirkt ...
... aber er war es, der sich dem bewaffneten Kerl gegenüberstellen musste ...
Als Ausgleich dafür, dass ich ihm diese Aufgabe übergeholfen habe ...
... finde ich es nur fair, dass der Laden jetzt so gut läuft.

Ich hab's also immer noch drauf ...
Auch nachdem ich die Gruppe verlassen habe, habe ich weiter trainiert.
Schließlich habe ich das meinem Meister versprochen.

Selbst nachdem mir meine Berufung offenbart wurde, habe ich meinen Traum, ein Held zu werden, nie aufgegeben.
Ich habe beim Training mit meinem Meister immer alles gegeben.
Wenn ich jetzt so daran zurückdenke, war's schon echt krass manchmal.
In den Bergen bei wilden Tieren ausgesetzt.
Von der Klippe gestoßen, um aus eigener Kraft wieder hochzukrakseln.
Ständig vom Meister runtergeputzt werden.
Tropf
Tropf

Eine Trainingsmethode bestand daraus, immer wieder Schwarzmagie auf mich selbst anzuwenden.
So konnte ich am eigenen Körper erfahren, wie es ist, wenn das Sichtfeld und die Bewegungen eingeschränkt sind.
Ich lernte die Feinheiten meiner Magie kennen ...
... sodass sie, wenn sie nicht geblockt wird, niemals fehl- schlägt.

Mithilfe meiner Schwarz-magie verschleiere ich auch meine eigene Identität vor den Passanten.
Sie sollen nicht wissen, dass ich der Schwarzmagier Remme bin, der in der weltweit viertstärksten Abenteurergruppe war.
Auch, wenn das vermutlich überflüssig ist. Mich würde ja doch niemand bemerken.

Ich habe alles beobach-tet.
Hm ...?

Schwarz-
magier …
… Remme.

Sie hat mich be- merkt ...?
Das war großartig.
Die perfekte Magiekontrolle.
Innerhalb weniger Sekunden hast du verschiedene schwarzmagische Prozesse gebündelt und angewendet.

Das war sehr beein-druckend ...
Sie hat meine Aktion vorhin völlig durch-schaut ...
Wer ist sie bloß ...?!
Du musst wissen ...
Schluck

Ich bin ...
GRIEN
... dein Fan.
Äh ...?
Will sie mich verarschen ...? Könnt ja verstehen, wenn sie auf Phoenix steht, aber mein Fan ...?
Ich hätte nie zu träumen gewagt, dass ich deine Schwarzmagie einmal aus nächster Nähe sehen dürfte ...
Ich musste mich erst mal sammeln, bis ich dir nachlaufen konnte.

Fast hätte ich dich aus den Augen verloren.
Das sind ja Fledermaus-ohren ...
Ein Vampir?
Hast du etwas gegen Demi-Humans?
Aber nein, gar nicht.
Ich war nur etwas überrascht.
Remme ...

GRABB
Deine Schwarzmagie ist einfach unglaublich ...!
SSST
Ich hoffe, ich verstöre dich nicht mit dem, was ich gleich sage ...
... aber ich habe jeden Tag nach dir gesucht, seitdem du deine Truppe verlassen hast.

Dich rauszuschmeißen, war die größte Dummheit, die diese Stümper jemals begehen konnten!
Sie ist ...
... so ...
... nah!
Viel zu nah!
Oh!
Ähm ...
Etwas Abstand, bitte.

SCHRECK
Verzeih mir!
Ich weiß wirklich nicht, was in mich gefahren ist …
… aber ich wollte dich schon so lange treffen …
Ich weiß, ich bin unwürdig, doch bitte strafe mich nicht mit Verachtung …
DEPRI

Bisher hab ich immer nur Hate abgekriegt ...
... und auf einmal kommt so eine Schönheit und sagt, sie wäre mein Fan?
Und dann ergreift sie auch noch meine Hand?
Und riecht so gut ...
Halt, darum geht's hier nicht!
HACH ...
Äh, nein ...!
Es war mir nicht zuwider! Im Gegenteil ...
Das kam nur so plötzlich ...
Du hast mir noch gar nicht verraten, wie du heißt.

Du bist wirklich so nett.
Ganz genau wie damals.
Hm ...?
Haben wir uns schon mal getroffen?

Eine Abenteurerin ist sie nicht.
Es gibt außer Elfen so gut wie keine Demi-Humans unter den Abenteurern.
Schon gar keine Vampire.
Aber irgendwo habe ich sie schon mal ...
Oh, äh ...
Nein, vergiss es!

Ich …
… heiße Milla.
Und, ähm … natürlich nur, wenn du möchtest …
… würde ich …
… dich sehr gern auf eine Tasse Tee einladen.
Das kommt jetzt sehr plötzlich und ist ziemlich gewagt, wenn man bedenkt, dass du …
… auf Rang 4 der Weltrangliste bist.
HACH
Aber ich weiß nicht, wann sich mir jemals wieder so eine Gelegenheit bietet …

Also, falls es dir recht ist ...
... würde ich dich bitten, mit mir zu kommen ...
Hm ...?
Ähm ...
Was mach ich denn jetzt?
Oh ...

Oder ...
... möchtest du nicht ...?

Do...
Doch, ich möchte ...

Wer könnte da nein sagen ...?
Oder ... möchtest du nicht ...
Möchtest du nicht ... nicht ...
Milla ist echt attraktiv.
Eine echte Schönheit.
Ganz im Gegensatz zu einem unscheinbaren Kerl wie mir ...
Ich bin vorhin abgeschweift ...
... deswegen lass es mich noch einmal sagen ...

Du bist der mächtigste Schwarzmagier.
Was ...?
Nein ...
Keine falsche Beschei-denheit.
Es gibt nur drei Schwarzmagier unter den hundert erstplatzierten Abenteurer-gruppen.
Unter den ersten zehn bist du sogar der Einzige.

Zwar kämpfen Schwarzmagier nicht an vorderster Front und stechen damit nicht so hervor im Vergleich zu den anderen Abenteurern …
… aber die Truppe um Phoenix hätte es ohne deine Unterstützung definitiv niemals so weit gebracht.
Und mit einem anderen Schwarzmagier wäre das ebenfalls unschaffbar gewesen.

ARGH!
Eine Magiekontrolle von derartiger Präzision ...
KNACKS
... ist nur möglich, weil du deine Fähig-keiten genaustens studiert hast.
FWISH
Du hast sicher ...

… noch viel härter trainiert als jeder andere …
Du bist echt dermaßen überflüssig.
Mir ist es egal, ob er dabei ist, oder nicht.
Von daher wäre einem Unterstützer wohl jemand vorzuziehen, der direkte Treffer erzielen kann.
Das ist das erste Mal …
… dass mir jemand so etwas sagt, seit ich Abenteurer geworden bin.

Sie meinte zwar, sie wäre mein Fan ...
... aber dass jemand meine Magie so gut durchschauen kann ...
Unfassbar ...
... dass die dich einfach rausgeschmissen haben?! Dabei konnte Phoenix den Boss doch nur deswegen mit einem Schlag erledigen, weil du vorher alle Gegner um ihn herum entsprechend geschwächt hattest. Nur deshalb konnte die Gruppe sich erfolgreich vorkämpfen ...
Grrr
Grrr
Wie dumm die Menschen doch sind ...

M-Milla …?
SCHRECK
Hab ich das gerade laut gesagt …?
Das äh, hat eine Freundin von mir letztens erzählt. He, he, he.
Ah, verstehe. Eine Freundin, ja?
Dann richte ihr doch bitte meinen Dank aus, wenn du sie das nächste Mal triffst.
Es tut gut zu wissen, dass jemand die eigenen Fähigkeiten schätzt.

Gerne.
Aber ich denke, sie weiß es schon.
Tap
Hm?
Da wären wir.

Hier ist es.

Aber das ist ja ...

... die Dämonenfestung ...?!
Bitte verzeih mir, falls ich dich überrumpelt haben sollte.
Milla ... war dein Name, richtig? Was hast du ...

Ich wusste schon lange, dass deine Fähigkeiten etwas Besonderes sind.
Aber heute konnte ich mich noch einmal davon überzeugen.
Remme ...
Dieser Ort ist wie für dich geschaffen. Hier bekommst du den Respekt, der dir zusteht.

Ich bitte dich.
Würdest du ...
... uns deine Kraft leihen?

Kapitel 4: Eine neue Stelle in der Dämonenfestung

...
Du bist also zurück, Carmilla.
...!
Jetzt erinnere ich mich wieder.
Der Boss der dritten Ebene der Dämonen-festung.
Ihr Dungeonname ist Carmilla.

Es heißt, sie kontrolliert eine Armee von Fledermäusen und trinkt das Blut ihrer Gegner.
Aber tatsächlich hat sie mit Magie angegriffen.
Besondere Merkmale sind ihre Grausamkeit und die Freude, die sie beim Quälen von Menschen empfindet.
So jedenfalls ist ihr Charakter angelegt.
Ich bin mir nicht sicher, ob diese Figur viel Ähnlichkeit mit der richtigen Milla hat ...

Und das dort ...
Du bist also Remme?
Ja ... Jawohl.
Ich bin Remme, der Schwarzmagier.
Die Dämonenfestung ist ein Dungeon, der aus insgesamt zehn Ebenen besteht ...
Nur wer bis zur letzten Ebene vordringt, bekommt den Dämonenkönig zu Gesicht.

Aber das hat bisher niemand geschafft.
Also bin ich wohl gerade der erste Abenteurer, dem sich der Dämonenkönig zeigt ...
So, so.
Dieser Dämonenkönig ...
... klingt erstaunlich jung ...?
Ich herrsche über die Dämonenfestung.

Lucy. Meines Zeichens Dämonenkönigin.
TA-
DA
Was ist?
Hab ich was im Gesicht?
Schreck
Nein.
Ihr seht nur viel jünger aus, als ich es mir vorgestellt hatte.

ZUMP
Zuck
Nicht wie ein Dämonenkönig, willst du sagen?
Ich denke nicht, dass es mir zusteht, ein solches Urteil zu fällen ...
... schließlich bin ich unwissend, was eine Dämonenkönigin ausmacht.
...
Sieh an ...
Respektloses Gesindel werfe ich immer sofort raus ...
... aber du scheinst anders zu sein.
Dann sparen wir uns doch das Geplänkel ...
... und kommen gleich zur Sache.

SSSST
Schwarzmagier Remme …
Hiermit ernenne ich dich …
BÄM
?!
Zum Stabschef …
… zum Stabs-chef der Dämonen-festung.
Also quasi zur Nummer Zwei der Dämonen-armee?!

Hm ...?
Du machst so ein ungläubiges Gesicht ...
Darf man das als Mensch überhaupt?!
Vergebt mir, Majestät.
Ich dachte, es wäre besser, ihn erst mal herzubringen, anstatt ihm vorher alles zu erklären.
Du hast ihn doch in alles eingeweiht, Carmilla?
Sag ...
Zitter
Zitter
Du bist also einfach mitgekommen, ohne überhaupt zu wissen, warum?
Bitte?

Nur weil sie dein Fan ist …
… erhoffst du dir doch nicht etwa …
… ihre Brüste begrabbeln zu dürfen??
SWUSH
?!
Hä?!
Eure Majestät.
T-tu ich nicht.

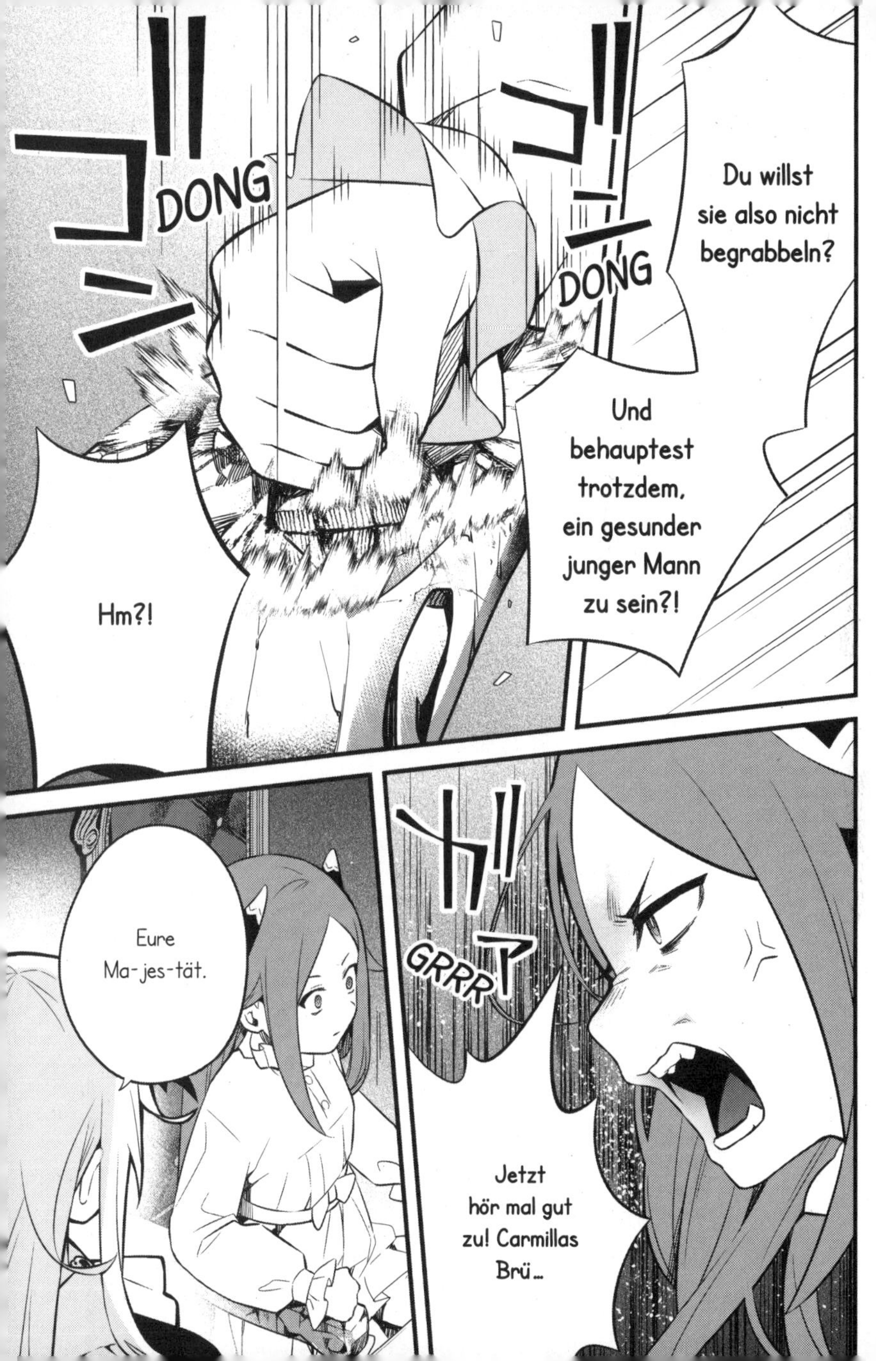
Du willst sie also nicht begrabbeln?
Und behauptest trotzdem, ein gesunder junger Mann zu sein?!
DONG
DONG
Hm?!
GRRR
Jetzt hör mal gut zu! Carmillas Brü...
Eure Ma-jes-tät.

GROOOO
Upsi.
Oh ...
Ähäm!
Wir sind wohl etwas vom Thema abgekommen.
Ssst
Nicht wir, sondern du ...

Es war Carmillas Wunsch, dass du den Posten des Stabschefs bekommst.
Carmillas ...?
Ja.
Auf den ersten Blick habe ich es gar nicht bemerkt. Aber sag mal ...
... Schwarzmagier Remme ...
...

Welcher Dämonenkönig hat dich eigentlich ausgebildet?
Hm ...?
Mein Meister ...?
Welcher Dämonenkönig?

Und jetzt erzähl mir nichts von Selbststudium oder so.
So weit bringt's ein normaler Schwarzmagier erst, wenn er hundert Jahre trainiert hat.
Oder sogar mehr.
Du kannst deine Fähigkeiten gut verbergen, aber sie übertreffen die eines gewöhnlichen Menschen bei Weitem.
Also, Remme ...
... beantworte mir meine Frage.

...
Du kannst es also nicht sagen?
Verstehe. Gut, dann nicht.
Die Schwarzmagie ist im Prinzip eine abgeschwächte Form der Schwarzen Künste.

Es mag lange her sein, doch einst versetzten ein Dämonenkönig und sein Gefolge die Menschheit in Angst und Schrecken.
Sie stehen daher noch immer unter besonderer Beobachtung. Im Gegensatz zu den Helden, die stets an der Seite der Menschen kämpften.
Seinen Namen öffentlich zu machen, würde sicher einen Rattenschwanz von Problemen nach sich ziehen.
Du bist also ein sehr loyaler Schüler.
Verzeiht mir.
Ich sagte doch, kein Problem.

Nur eine Sache …
… könnte es sein, dass dein Meister meine Augen- und Haarfarbe hat …
… und vielleicht sogar gehörnt ist?
…
Hmpf.
Das kannst du auch nicht beantworten, was?
Nur eine rein theoretische Frage, Remme.
Wie du weißt, bin ich die momentane Inhaberin des Throns der Dämonenfestung. Aber was würdest du …

GROOO
... von einem Großvater halten ...
... der seiner Enkelin diese Aufgabe einfach aufdrückt und dann abhaut?
Groß- vater ...!!
Ist sie etwa ...

... die Enkelin meines Meisters?!
Großvater
Meister
Enkelkind
Nicht zu fassen, oder?
Sowohl mein Großvater als auch dieser andere Kerl haben den Thron mit Füßen getreten.
Die wissen gar nicht, was sie verpassen.
Einfach jämmerlich ...
Aber in unserem Fall Glück im Unglück.
Denn das Schicksal hat uns ja hier wieder zusammengeführt.

Damit steht wohl fest, dass mein Meister der Dämonenkönig ist …
Schon erstaunlich, dass ein Mensch die „Erziehung“ meines Großvaters überlebt hat.
Du hattest den richtigen Blick, Carmilla.
Er ist sehr stark.
Schon …
Aber soweit habe ich das dann doch nicht durchschaut gehabt.
„Erziehung“ …?
Meint sie das Training meines Meisters …?

Eigentlich hatte ich vorgehabt, dich erst mal eine Weile zu beobachten, aber das hat sich jetzt erübrigt.
Dir steht die Dämonenfestung ab jetzt als Stabschef zur freien Verfügung.
Einen Moment, bitte. Ich habe doch …
Ich bin zwar mit hierhergekommen …
… aber sollte ich wirklich die Seiten wechseln und ab jetzt gegen Helden kämpfen?
Remme.

Ich möchte dich zu nichts zwingen.
Aber ich wäre unendlich glücklich, mit dir zusammenarbei-ten zu dürfen.
Milla ...
Dürfte ich dich etwas fragen?
Remme ... warum bist du Abenteurer geworden?
Als Schwarzmagier wusstest du doch, was für ein steiniger Weg vor dir liegen würde.

Weil ...
... ich gern ein Held werden wollte ...
Ich war schon immer begeistert von Helden.
Deswegen.
Verzeiht. So etwas ollte ich hier ohl nicht agen ...
Lang-weilig.
Ich weiß, dass viele Menschenkinder diesen Traum hegen.

Aber warum eigentlich?
Warum ...?
Na ...
Ist doch klar. Weil Helden cool sind.

Weil man im Fernsehen verfolgen kann, wie sie Monster zur Strecke bringen?
Zwip
Mein Wunsch war, selbst zu kämp-fen und Gegner zu besiegen.
Ich wollte allen meine überragende Schwertkunst zeigen.
Und mit Feuer und Eis um mich schießen.

Für Ehre und Beifall?
Ich wollte die Straßen entlanglaufen, wo alle mich erkennen und mich für meine Taten loben ...
... weil ich im Dungeon so hart gekämpft habe.
Ein bedeutungs-volles, erfülltes Leben.

Der Traum eines Kindes.
Wie man es sich eben vorstellt.
Man wünscht sich, dass alles gut für einen laufen wird.

Und was bedeutet es für dich, ein Held zu sein?
Hm ...?
Du bist der mächtigste Schwarzmagier.
Aber das allein ist nicht der Grund, weshalb ich dich so sehr respektiere.
Du hilfst anderen Menschen, ohne daran zu denken, was dabei für dich rausspringen könnte.
Und beanspruchst das Lob nicht für dich ...
KNACKS

Du kämpfst nicht für die Ehre, sondern weil es das Richtige ist.
Ist es nicht genau das …
… was einen wahren Helden ausmacht?
Die Berufung zeigt uns unsere Eignung.
Doch sie bestimmt nicht unser gesamtes Selbst.
Und mit Helden ist es genauso.

Remme, möchtest du immer noch gern ein Held werden?
Und das nur als einfacher Abenteurer?
Abenteurer stürzen sich in die Dungeons.
Und Monster verteidigen diese.
Die Rolle der Monster übernehmen normalerweise die Demi-Humans.
Abenteurer sind meist Menschen, selten auch Elfen.

Ich hatte immer nur Augen für die Helden ...
... und habe nie darüber nachgedacht, dass es auf der Monsterseite auch welche gibt.
Und was würde sich ändern, wenn ich zu den Monstern wechsle ...?
Im Gegensatz zu den Abenteu-rern verschleiern wir Monster unsere wahre Identität.
Es gibt also keine Ehre für dich als Remme.
Vermutlich würdest du daher nicht genau der Held werden, von dem du geträumt hast ...

Was auch immer deine Gründe sein mögen ...
... du möchtest nicht, dass die Menschen über deine wahre Stärke Bescheid wissen ...
Aber wenn du mit anderer Identität als Monster kämpfst, musst du dich nicht zurückhalten und kannst deine Kräfte entfesseln.
Hier in der Dämonenfestung musst du keine Rücksicht auf irgend-jemanden nehmen.

Ich ...?
Ein Schwarzmagier, der die Armee des Dämonenkönigs anführt ...?
Anders als direkte Angriffe ...
... ist die Wirkung von Schwarzmagie für den Zuschauenden schwer zu erkennen ...
Doch alle Monster, die gegen dich gekämpft haben, haben sie am eigenen Körper erfahren.

Sie wissen, dass sie verloren haben, weil du dort warst.
Wegen der Macht deiner Schwarzmagie.
Als Feind stellst du eine Bedrohung für uns dar.
TAP

Doch als Verbündeter ist deine Stärke für uns von unschätzbarem Wert.
So wie die Menschen bei den Kämpfen die Abenteurer anfeuern ...
... sind für die Demi-Humans die Monster die Idole.

Vielleicht ist es nicht genau das Gleiche wie die Begeisterung für Helden.
Ich habe mich nicht für die Seite der Monster entschieden, um bloß als Opfer zu dienen.
Ich möchte hier, in der uneinnehmbaren Dämonenfestung, die Abenteurer vernichtend schlagen …
… und damit allen Demi-Humans Hoffnung geben, die noch zweifeln, ob sie sich als Monster versuchen sollten.
Und vielleicht werden sie irgendwann so stark, dass sie es mit Abenteurern aufnehmen können.

Genau wie ich, der die Helden verehrt hat.
Lass mich eines klarstellen.
Abenteurer und Monster sind absolut gleichwertig für mich.
Fehlt eine der beiden Parteien, kommt kein Kampf im Dungeon zustande.
Ohne starke Monster als Gegner würden die Zuschauer niemals so in Ekstase geraten.

Ich habe Monster noch nie für reine Opfer gehalten.
Ja ...
Und genau deswegen habe ich dich auch an- gesprochen.
Du bist stark und freundlich, Remme.
Remme, bitte ...

Würdest du unser Held werden?

Ja …!
…
Kraft meines Amtes als Dämonenkönigin, erkläre ich, Lucy …
… dich, den Schwarzmagier Remme …
Hrm. Damit wäre das wohl geklärt.
Öhö
Also, dann …

... zum Stabschef meiner Dämonenfestung!
An diesem Tag ...
... habe ich, der aus der weltweit viertstärksten Heldentruppe geschmissen wurde, eine neue Stelle gefunden.

In der Dämonen-festung.
Und zwar als Stabschef.
Mit meiner Berufung als Schwarzmagier.

Mein Ziel?
Der Held der Monster zu werden.

Also dann, Leute.
Selbst, wenn das bedeutet, dass ich eines Tages gegen meinen besten Freund kämpfen muss.

Auf geht's!
Meine Entscheidung stand fest.
Willkommen in der Dämonenfestung, du kämpfst jetzt auf der dunklen Seite, Band 1 – Ende

Nachwort des Verfassers

Ich bin Hozumi Mitaka, der Verfasser des Originals.

Bei diesem Werk wurde darauf geachtet, dass das Setting und die Gefühle der Charaktere so zum Ausdruck gebracht werden, wie es eben nur in einem Manga geht. Als einer von vielen Lesern der Novel habe ich so oft gedacht: „Die Heldentruppe um Phoenix ist so cool! Cashew ist so niedlich! Milla ist so hübsch!". Ich könnte ewig so weitermachen, doch leider ist der Platz begrenzt. Ich würde mich freuen, wenn ihr auch weiterhin dabei seid, wenn Remme ab Band 2 sein volles Potential entfaltet.

Der durchschnittliche Schwarzmagier
Verschwommen
Angriffs-
Verteidigungs-
Geschwindigungsverringerung:
Einige Prozent sind das Maximum
Sinneseinschränkungen: Kurzzeilige Vernebelung
Gift: Schaden, den man kaum bemerkt
Dauer: wenige Sekunden bis Minuten
Sichtfeldeinschränkung: Als wäre einem Schweiß in die Augen gelaufen
Verwirrung: Glückt nur mit geringen Wahrscheinlichkeit (* bei Maximalleistung)
* Es sind höchstens 2 oder 3 schwarzmagische Zauber möglich.
Special Thanks☆★
... an Hozumi Mitaka, den Verfasser der Novel
... Yuuhi für die Panelentwürfe
... j1 Kaido für die Zeichnungen
... Himeno von GA Novel und Mikami und Watanabe aus der Redaktion
Vielen Dank!!

Remmes Schwarzmagie
Ich ... krieg keine Luft ...
Und warum kann ich nichts sehen?
Mein Körper fühlt sich plötzlich so schwer an ...
Angriffs-
Verteidigungs-
Geschwindigungsverringerung: Senkung um bis zu 50 Prozent
Sinneseinschränkungen: Denkvermögen kann über einen gewissen Zeitraum komplett ausgesetzt werden
Gift: Über längere Zeit hinweg ein Vielfaches des üblichen Schadens möglich
Sichtfeldeinschränkung: Sicht wird komplett eingeschränkt (Remme: Ich habe mich zurückgenommen, da es sich hier um das Nachwort handelt ><)
Verwirrung: Kann auf mehrere Gegner gleichzeitig gewirkt werden (* bei Maximalleistung)
* Kontrolle mehrerer Schwarzmagie-Zauber möglich.
* Falls der Zauber nicht geblockt wird, schlägt er grundsätzlich niemals fehl.
Unterschätzt niemals Debuffs! Auf keinen Fall!!
Aoi Yumitori (Panelentwürfe)

Nachwort: Brettspiel zur Dämonenfestung ①

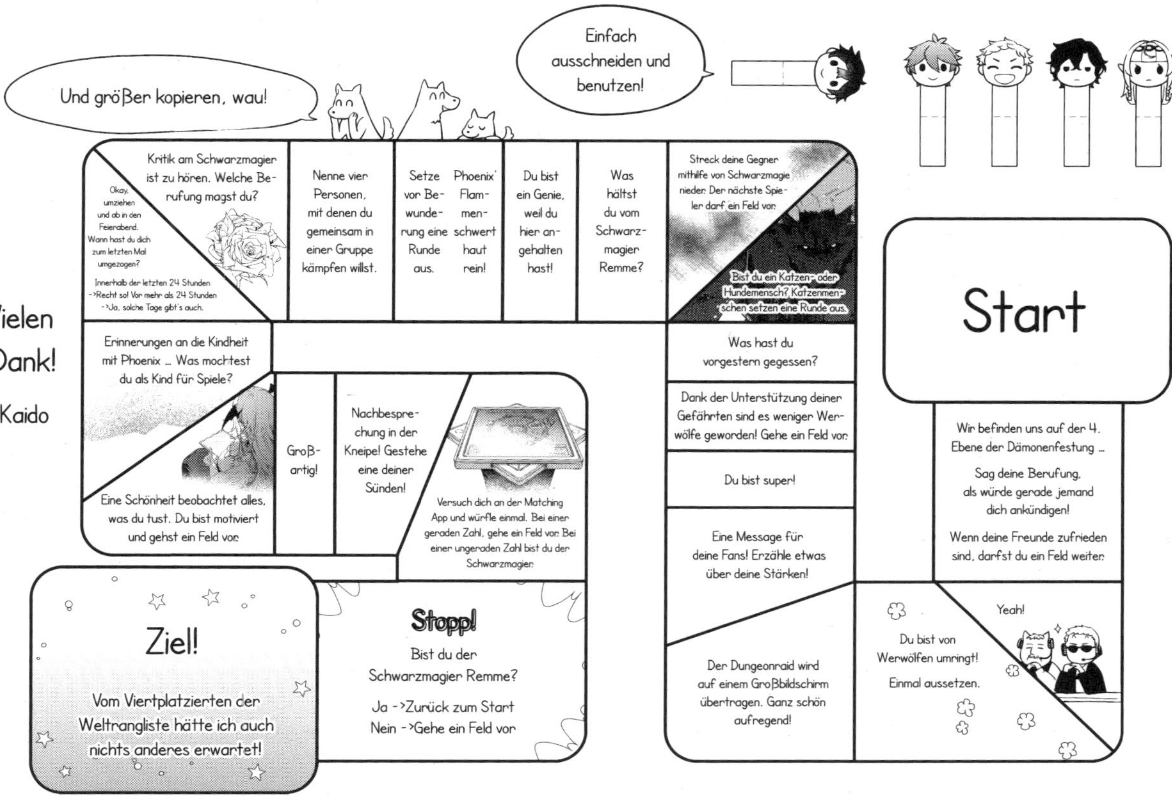

Vielen Dank!

Kaido

Vorschau

Zeichnung: Aoi Yumitori

Würdest du es das erste Mal mit mir tun?!
Ein plötzlicher Schocker ...?!
?!
Willkommen in der Dämonenfestung, du kämpfst jetzt auf der dunklen Seite
Band 2 erscheint voraussichtlich diesen Winter.

SUTOPPU!

Koko wa kono manga no owari dayo.
Hantaigawa kara yomihajimete ne!
Dewa omatase shimashita!
Tanoshii hitotoki wo dozo!

Egmont-Manga-Chiimu

STOPP!

Das ist der Schluss des Mangas.
Fangt bitte am anderen Ende an!
Und nun genug der Vorrede,
viel Spaß beim Lesen!

Euer Egmont-Manga-Team

www.egmont-manga.de
Unsere Bücher findest du im
Buch- und Fachhandel und auf

EGMONT Shop
www.egmont-shop.de

„Willkommen in der Dämonenfestung – du kämpfst jetzt auf der dunklen Seite 01"
von Hozumi Mitaka, j1 Kaido, Yuuhi, Aoi Yumitori
Aus dem Japanischen von Tabea Kamada
Originaltitel: „Nankofuraku no Maojo e Yokoso – Debuf wa Fuyo toyusha-party wo Oidasareta Kuromadoshi, Mao-gunno Saiko-Kanbu ni Mukaerareru" vol. 01

Originalausgabe:
NANKOFURAKU NO MAOJO E YOKOSO~DEBUF WA FUYO TOYUSHA-PARTY WO OIDASARETA KUROMADOSHI, MAO-GUNNO SAIKO-KANBU NI MUKAERARERU vol.1

First published in Japan in 2020 by SQUARE ENIX CO., LTD.

German translation rights arranged with SQUARE ENIX CO., LTD. and EGMONT VERLAGSGESELLSCHAFTEN mbH through Tuttle-Mori Agency, Inc.

Deutschsprachige Ausgabe:

verlegt durch Egmont Verlagsgesellschaften mbH,
Ritterstraße 26, 10969 Berlin

1. Auflage 2024
Verantwortliche Redakteurin: Luisa Steinhäuser
Textbearbeitung: Stine Svenja Fahrich
Gestaltung: Anke Koopmann
Koordination: Angelika Schönhuber
Printed in the EU
ISBN 978-3-7555-0278-4

story house
EGMONT